JN199947

kirinukicho

Shicho-sha

切抜帳

江代充

生　木切れの子

薪束　六つの詩

夜　初めてのかなしみ

どうか、わたしたちの手のわざを
確かなものにしてください。
——詩篇九〇・一七

切抜帳

江代充

生　木切れの子

生

山かげの石垣が雨に吹かれたように湿り
また灰色になり
まぶしく淡い苔のならびの草の姉妹が
石に正しく取り付いてこちらにも濃く見渡せるのは
眠らないこの地の夜を通して朝が来ること

わずかな苦しみのわざを通し
ここでは町なかよりも早く日の暮れることを
ともないをもとめ
行く人に知らせるためだろうかと思う

木切れの子

出掛けたあと
一面に畑地の見える
目先のちかい所に仮小屋があった
一度その前を過ぎ
山へ向かう奥の草地のほうへ抜けてしまうと
遠くなった小屋の正面は見うしなわれ
こちらへ傾いた小さな屋根の上に
拾われた細枝のバラ束がおおまかに敷かれていて
その内から所所
間を置いて跳ね上がる小枝の列が

上方へななめに傾き
か細い茎の柱のように突っ立っていることが分かる
あとになって
遠く空にいるヒバリがしずかに先を越し
わたしもそこへ引き返すとき
牛やうまや飼い葉桶のある
あの仮設小屋の内側に宛てがわれている
新しく設えられた
よろこびの素材の板の一つに触れようとする

語調のために

前方の草のあいだに二人の人がいて
何もないわたしの手もとを見つめていた
胸のちかくに子を抱いて両腕にかかげ
しずかに静止しながら
こちらへかがみの光を宛てるように
子をあやし動かしている

垣の葉むらのすき間が所所で膨らみを呼び起こし
左右から全体に纏まった川のように光りながら動いていて
ちかくの道のなかに
一つ一つ茎のかたちで生い立つものも
他から吹かれたその通りのことばを
くり返すように揺れ始めている

群れスズメ

吹き抜けになった拝殿の板の間に
わたしたちより年長だが
あまり歩行もできず
四肢の弱い一人の子どもをその母親が置いて行ったので
敷地の子らは
それまで行なっていた遊びの模様を
一時的に解いてしまった

まばらに立った杉の木立は長身だが
幹がまだ細く

ななめに降り始めた雪のなかで
淡い模様の樹皮とともに立ち続けているが
細い枝はさらに短く
またその長さより角度のほうが目立ってしまうので
スズメは木の列には寄らず
背後に隣接した石塀の平らな縁のうえに
白っぽい脊椎のような
小粒な列をなして降りていた

左から四羽目と五羽目の間に
三羽分ほどの隙が空いているが
それはもともとその様なおおまかな並び方だし
その空白に淡雪がひろがり
一人の小柄な母が

そこで消えてゆく像のように佇んでいても
だれもその名を呼ぶ者はないし
それを目に仰ぐ者など
だあれもいないのだろうとかれは思った

内に宿るあゆみ

身近な囲い地のなかでも
友だちの家の櫃(はこ)作りの仕事場が静かで
手から放した木のロザリオのようだった
なかの家族は他の人人と結び目をつくり
狭い板の間に広がって長い食卓をならべていた
自分を招く人の厚意からのがれたいが
すぐにそこから離れるのではなく
そう遠くへ出て行く訳にもいかないと思いながら
表に暗やみを見て
ちかくに母屋を控えた

屋根のない中間の叩きのほうへ出てきていた
そこはかれらのいる隣にあたり
雨風がはいり込んで水に洗われたらしく
地の端にある衝立のような扉が
表面の木の色を落としたまま
いくつもの滴をかくし
庭の先からその内側へ
心（しん）から折れたように開け放してある
わたしは足早にそこへと移って行った

泉のほとりへ行く

閉ざされた壁の向こうに青木が茂り
木のなかで羽搏きの動く音がしていた
かさなり合った枝の住み処のどこにいるのか
何ごとにも価しない
あなたへのひそかな畏れのため
さらに暗い胸のひと所へ向かい
おし隠すような身振りをわたしがした
昼間あかるい池のなか洲に
一羽の鳩が留まっていた
わずかな土砂の盛り上がりが胴の下にかくされ

はじめは水の底から
一羽だけ濡れずに浮かび上がった鳥のように思えた
あいだを狭めるため岸に寄ってみると
小さな島のうえに頭をもたげ
灰色をした生き物の円い甲羅がひかり
部分的に日の輝きをそこで捉えて
銀色を帯びたひと所が
にぶく全体に拡がって見えた
時折あまり間を置かずに雨が降りつづき
道にわたしのいる夜遅く
本降りになる

段の幻

段差を見せて
崖のほうへ落ち込んでいった草地の外れに
いく棟か寝泊まりの宿舎が同じ色の列をなして並んでいる
ゆうべ自分の荷を提げそこへ向かうとき
土の設え（しつらえ）の急な階段を降りて行ったが
すぐに休止の踊り場へきて土の上をつたい
また同じように次の段へと向かっていた

わたしたちにはまだ知識が足りなくて
開きかけた蕾の隙の花弁の数も示せないのに
段段は段の数がさらに少なく
いつも同じような途上から
一つの段を降りるだけで
まず手始めに土の下地のある
わたしのいる場所へとたどり着いた

黒いミニ

夜も遅くなり
道を二人で歩いてきて
そこから隣接する
一方の敷地の側(がわ)へはいるときは
公孫樹のかげに引き込まれるような
向こうの暗い勝手口へと一人で向かっていた
さっきかれが呉れようとし
いまはここに眠る一冊の小型本を

前方に伸ばした手の先にかかげて見て
それを生家の戸口の幅にあて嵌めてみる
上方に見える公孫樹の鳴りが今日もはげしく
昼間はまた前方の広い範囲に
青空と光とが見え
複数の雲が自然と動き出していたことにより
それが殺された息子の譬えを語るときの
人の子の自覚であることが少しずつ分かってくる

能なしラカ

やさしく丸みを帯びた群れスズメが家の屋根を飾り
鳥のいる周囲の枝の鳴き声の間からも
全体に光を帯びた公孫樹の木の色が遠くから浮き出し
こちらの手もとには一羽の小鳥も携えていないのに
わたしには母がいて
そのことがこころを引き締め
もとの家とは別の所へ戻ってきたのだとかれは思う

だって初めはほかに誰もいない家のなかで
わたしと祖母と
二人だけが話し込んでいると思えたのに
母のすがたを表に見ると
その背後から寄り添って肩を組むためにわたしが近寄り
眼窩のように明け透けで
風を追うように吹き抜けになった家屋のなかへ
ただ二人だけで入ろうとしていたからである

諸物

戸外の日のあたる草かげの道に
ひとの身の丈にさえぎられ
背伸びをし
物を干している叔母のすがたが見えた
わたしが手ぶらでその腰の辺りをうろつくと
母もそのほうへ立って出て行き
幅のある二つの布を折り返した向こう側から
交互に呼び交わし
たがいに語り掛けてる
二人の女ことばがみとめられた

花かげもある
火影の暗い戸口への帰り際に
わたしにも呼び掛ける声音のなかには
叔母が死んだと言い及ぶ
母のことばがあった
わたしは道の端の草を見
またそれはそこいらを再び歩こうとさえしながら
部屋に残した母親のむくろと
その分け前を見つめ直した

友の庭面（にわも）

そこで一夜を過ごすために、時時来るだけの家屋のなかにいたが、曇った翌日の明け方になり、とても小規模な庭の隅に、これまで一度も育つのを見たことがなかった、繁ったどくだみの、わずかな一群をかれは見ていた。

遠い川西の家からも、二階の部屋に面した庭先に同じものが見えていたので、一度に二つの話題を結び合わせ、継母の前で、それらに触れることができるように思えた。

しかし一本を捥取って体の近くに寄せても、一本の花の匂いはあの庭でのように流れてくるのではなく、同じ香りのきわめて薄い清冽な印象しかもたらしてこない。

そのうち横倒しにされた竿のとなりに、戸口の前から、細長い蛇の胴が渡っていると知らされたが、とつぜん散らばってきた雨の滴に、蛇はもう移動して逃げ去ったあとの白地となり、竿を転がした戸口の辺りにも、目をこらす近場にもそのすがたを見せなかった。

留め置くところ

夜遅くテアトルの館外から路上ちかくへ出て
その日おも立った話の筋を家族と巡り
早目の徒歩で歩き始めた道の先には
そこから遠く
坂の上の橋の途上から
向こう岸に立つ川端の赤いポストが見えた
図柄のような背後の山のなかに
もとから細い木木の列がしずみ込み
ちかくの道に
わたしを知らない若い一組の男女もいて

口と口との間に
銀糸のような柄の付いた
サクランボの熟れた果実を挟んでいる
長い眠りに就く前
一方の口のなかへそれが差し込まれると
あの細い軸の取れた木の実の窪みが
相手のさぐる舌先にもまだ感じ取られた
そのあと崖下の人家の夢を見るが
そこはそこで行き止まりで
低い単独の真木にしか見えない
夫婦(めおと)槙というのもあった

薪束　六つの詩

老い

昼間まだ白い小石の見える地際のほうにいて
直き脇の揺れる草には直接に触れてはいないが
それと歩調を合わせつつ
上下に白い花を付けた植物のかげを身にまとっている
ここではほかに
何かがある訳ではないが
遠くで全体に燃え上がるサビエル聖堂の
床のはしに跪いて
以前からそこに据え置かれたままである

木彫りの人の聖像をかいま見ることのようだった
また向こうからやって来て
檻の鉄柱に近付いていた一頭の虎が
自分の内側へ幾度もまわり込み
ようやく鉄柵の上に体を持たせ掛けたとき
外側から使い古した祖父の杖が
その背中を親しげに二度突っつくと
そこから直ぐに聞き覚えのある
怒りの咆哮をわたしたちは聞いた

ヴィオラ

ここへ徒歩で来て川原の石をつたい
粗い盲壁のような土手の傾斜を見上げながら
かつてここにあったこの通りのことを
新来のようにし
わたしはふたたび語ろうとしていた
さっきから長い間
川端の草むらとすがり合って
後日になってようやく見付けられ得るような

柔らかな野良着すがたの
何かの母と覚しいひとの身柄がそこに横たわり
そのうじの涌き出した白い仮面のような顔立ちをみとめると
よこに置かれた空の編み籠から
途上を縫って這い出してきた柄のある二匹の蛇が
曲がりくねった背負いの細い帯のようになって
その日同じ夕刻の
日差しのもとへ舞い降りてきていたと

天使の話

国道へ到る道に天使が降り立つと
淡い茶色をした
一匹の毛の長いセッター犬が
他所から呼び掛ける声に内心よろこんで応じながら
隅に積まれた薪束のある
水溜りの乾上がった土手裏の空地を移動している
水気のない凸面を
意味あり気に選んではいても
気持ちは飼い主のほうへ途切れるらしく

途中から小走りに走りながら
四つ足から後ろ足で立ち上がっては躍動し
まだかなり離れた人体のほうへ
その前足を持たせ掛けようとする
のちには白地にぶちの散った色違いのセッター犬を
かれが街なかでしばらくの間見続けるのは
この時の犬の動静に心うばわれ
そこから僅かな力を感じたからかも知れない

薪束

風は上空から
伏せるようにこの道にも流れてくる
幾つかの薪束が
遊ぶ子どもの群れとともに
遠くに見える土手の小道へと移し変えられ
暗い大木の裾のあたりに置かれているが
枝の落下を防ぐためか

枝と幹とに絡ませ
また全体に張り巡らせたロープの端が
いまは二本に並んで先のほうへ行き着き
その数のまま
長さの違う仕掛けのようになって
小道の脇の
積まれた薪の上方から下りてきている

指示語の鳥

鳥

これだけで
全てのひとに配らなければならない五つのパンがあり
これでは不足であるという数少ないものとして
それらが一人の人のもとへと持って行かれる
もし草に生る水の露が大きければ
わたしの上の滴となって
この地に落ちてくる様はどれほどの驚きだろう

鳥

その手に裂かれるパンが
いびつな指の先で揺らされ
あなたの宿る磔（はりつけ）の木のうえの
ゆがんだ山のような孤の姿をえがいている
そこから予測される幾多のひとの闇の手のうごきとして
わたしたちは眼で見てそのすがたを辿ることもできる

降雨

粗い土の地にいる二羽のスズメが
雨の降りている地所のうえで白濁し
代わる代わるその位置を置き換えるように
ひくく跳ねながら
せまい土の範囲を先へ先へと移動している
なかで時折りお辞儀をみせる一羽については
まるい頭部と尾との間がひどく短くみえ
二つの眼の先で動くくちばしが
ところを変えて
いつもどこかの方向を指しているものとみえた

きのうの日照りのため
乾上がったミミズが雨のなかでふやかされ
まとまった死の稿を束ねるどころか
そこから及ぶ範囲にまで広く散らばっている
それごらんとわたしが言うと
近くに二つある灌木にはいろうとして
餌をせしめた二羽のうちの一羽が先に行き
すぐにもう一羽が同じ枝にはいって
二つともがみえなくなった

夜　初めてのかなしみ

想起

ひと気のない土の空地の
ずっと西の隅のほうへわたしは来ていた
そこで一つずつ種蒔く母と二人
または二人のうちの一人として
数えられる所に　わたしもいるためである
ここへ来るまでに
道で二人の友を見たが

わたしがそこに留まり
ひざを屈したかれらに合わせ脇のほうへ退くと
一軒の白い家の　なじんだ外壁に添いつづけ
こちらにも関わるような枝の葉が
暗く淡いかげを落とした道の半ばへも伸び広がり
それが改めて
あたりの手本となったように思えてくる

鳩とカリスト

手さぐりの敷地のなかへ
まだ物言わぬ一人の娘がはいって来た
そこから寄せ掛けた軛（くびき）のみえる
奥まった納屋のなかの
かげりの深い
冷たい石の床のほうへとわたしが進み
そこに留まることのないように
戸口にちかく

通常の光の見える敷居の段のまえを
動く一羽の鳩が往き来している
いまは休らいで
広げた羽を置いた
その鳩の思う人の名はすぐに分かり
カリストと言った
聞くに慣れないことばであるのに
ここにいるよ　用件なのだろうかと　ぼくは思った

入江にて

漆喰の壁の広がる
捥(も)がれた灰色の羽をもった頭上の建物から
長く大きくかげの落ちた崎津の入江には
人人の家も接していた
曇り日のような明かりが屋内にも来て
周囲の壁を巡り
壁のちかくの物かげを

どこかの床の平面に映している
もう日の傾いた夕刻でもあり
いますぐ鳩と兄弟のようにしていたいが
そのためには日の数をはじめ
何かいま足りないものがあるのだろう
当時からカリストも
そのことをよく知っていたようにわたしは思う

わたしは語る

庇のある枠内の馬ぶねの縁に
星の形をしたものが寄せ掛けてある
切り抜かれた作り物だが
わりあいと親身な大きさで目の前のものを囲い

幅も高さもあって
それが此の世の人の所作を表そうとし
寝かされた子と
柔らかな藁の一部を擁していることが分かる

父の手綱

エジプト逃避

鳥

いなかの道の片側の空に
環状にならんでいた一連の白い小石の数を
かれらはよく知っていた
またロバが畔（あぜ）のさかいを元気はつらつ
ぽくぽくはずんで歩くときの
こころ細く　揺らめき動く　吹きさらしの避難の思いのなかで

鳥

ある日失くした十の所有の数が
かれの引く手綱の先に
そっくりそのままの姿で
一つの房のように戻されて来るのを見た日のよろこびについては

鳥

そのたった数文字の記念となる日付をさえ
かれらはもう片時も忘れることなく
また知ることをも要しなかった

野野

しかしこうやって
朱けに色付いた手を開くようにして
人の思いが滞りなく行ないに出る暁には
あなたのほかのだれが
わたしたちの身方になるのでしょうか
わたしたちはよく固い土の野に出てうたい

なかへなかへと踊り込むうち
見上げる大空では
あなたを知ることの早いものが
野野にあって
わたしたちより弱いものとしての植物を
遠くちかくに見て居りましたから

夜

ゲツセマネ

鳥　その日わたしは夢のなかで枝に逃れ
その日のうちに父母のいるほとりの家を立って
詩をうたい継ぎながら
まわりの木木を含む山裾の片ほとりに出ていた
あの方（かた）が母のいるナザレの家を立ち去ってから
さらに北のほうへ退こうとするとき
同じ道の枝の木かげに出ると
わたしたちは言った　主よ　どこへ行かれるのですか
鳥　呼ばれるあなたの声に　友と　わたしとが目覚めると
あなたはまた祈るために

いつものようにわずかな距離をそこに置いて
人と別れた

鳥

目覚めた園の入口に白い小岩が置いてあって
口数の少ない御(み)使いのひとりが別のところに立ち
いま語ろうとするかれの白い衣の脇が　襞のある川筋のように
　月光に流れている
しかも就縛は早く
まだ年若くほがらかなマルコもいるやみの中へ
その夜のうちに来た

初めてのかなしみ　――ゴルゴタへ

地の土の荒さや
小石のつぶつぶと同じく
わたしにも明るみに出されている事がらが
いくつかある
その日それまでは不確かだった道が
後日墓地となった畑に向けて真直ぐに流れていたり
別の道の向こうでは

——その道の上で
よろめき苦しむわが子をめぐる　一婦人の願いから
その場の発話に見られない
よろこびの事がらを聞き取ろうとして
もとから貧しい仲間を交えたいく羽かの小鳥たちが
そちらへ長く伸び切っている
葉のある枝の上からともにかなしみ
鳴いていたりする

歩行オネシモ

見捨てられた棒杭のようなもの
それにアーチの縁や
ひとの用いる何かの台の上にも伸び展がり
さっきの通りでも見掛けていたスズメの群れが
あちこちと落ち着く跡も見せずに時を過ごすあいだ
道に出掛けた当のわたしは

父から聞いたオネシモの名を思い巡らし
それをそっと口にする　オネシモのことばの端を
過ぎ越すようなシの一音に
死の文字を当て嵌めてしまうことから逃れ
これからはオネシモの名とともに
さらに身近な歩行に関わろうと思っていた

青年

ピリポの使徒の一団は少人数だが
ほかの人達をも連れていた
道の途上で誰かが別の方角へ分かれることがあれば
前後にいる者はどちらからともなく
わたしの根にからみ付いたものが
あなたの家を遠くしているなどと言い合い
その時は事の同異にかかわらず
たがいに次に出会う人の名前を言い足したりした
見る草はどこに於いてもその場所の土くれに馴れしたしみ
初めからそこに全てが出揃っているのかと思えば

その同じ日に見た家のなかでは
窓枠のある狭い中程の階に死体が転がされていた
病後の体はもうそれ自体であったので
世話人の気持ちは人を憚り
いつもよりその人の身なりをていねいに整えて安置すると
すぐに部屋を出てかれを一人にした
室内にある二つの窓のうち
一つの窓枠をふさいで挟まったような出で立ちで
若い男がその部屋の床に揃えた脚を釘のように打ち降ろしている
そのひとは改めて人の目覚めを語るため
自分からはけっして遅くならないように気を付け
世話をする人達が出て行ったあとに来て
名を持たぬあの暗い徒歩の集団が
前庭の草の上に足を踏み入れる前にはもうそこにいた

信徒アナニヤの手

出掛けていって、わたしの家の山懐（ふところ）に帰るまでの期間を、いつもより長く取らなければならないのが不安だった。自分の手のうちの、何かの前触れとなるかも知れない包みの植物が、こちらへ向けて、道端でのように、まだ柔らかな葉の一部分を見せている。小刻みな歩幅を持ったスズメたちの跳躍が、わたしの目の前を往き来しているが、行くことを迷った末に道幅が狭くなり、手探りをする者がその度に細く小さくなって、鳥にも似付かない蛇の蛇行を見るようにも思われる。

路地のある家の奥で、視力を失っている、サウロの上に手を置いたのはわたしだった。かれの目はまだ期外の幻におよび、丸くなったあの形体のまま、雨催いの空に先程のスズメのうちの一羽だろうか、細枝に脚をからめて動いている、ほら、見てごらん、生きているのだとわたしに言う。わたしの言付(ことづ)けは次のようだ。水に濡れた鳩の一羽がくちばしに一まいの葉を銜え、立ち上がるサウロの口もとに舞い降りてくる。

　わたしは地を歩くかれの小さな足音を聞いた。赤く自然に染まった路地裏の鳩の脚にも気付く。そのかれの赤い脚の先だが、それは細かく分かれたサウロの行く手の道を、遠くまで刺し貫いているかのようだ。

鳩の呼称

西坂のやかたの門をくぐり
三本の禁止のよこ縄を避けて
平らなベランダへ出たところに
かれらの青空が見え
見えない神を称えるため
隣の地所に接している
かつての古い柱塔から削ぎ落とされたモザイク調の
古絵のかけらなのか

それほど多くはないが
砕かれた結晶の残片が纏まってそこに置かれていた
広い床の他の部分は掃き清められ
床にホーキで擦られた形跡さえ見えるので
場面はまだ新しく
きのう今日集められたおおくのハートの断片が
一時期そこで廃棄を待つものとなっていた

九つの小さな文

幼子

濁った水の水面であって、魚類の流動し続ける池の水でも、近付いて掬い上げれば、指の底までは透けるほどの濁りであることが分かる。幼子が寝床のなかで目覚め、また眠りに入ろうとする。わずかな語いとともに、Ｔの字を逆さにしたような舟が見え、見えない引き手がいて、どちらのほうへ引かれるのか、ちかくの水の上を流れて行く。

夢のなかの人が、初めて木に登ったのは用があったからで、一本の瓶を片手に持ち、それを母に届けようとしていたからだ。瓶には水が入っている。慄いて、おびえながら横歩きする蟬のようになった。木を巡ると本当に移動することができ、余所の家の誰かに手渡すことができる目途もあった。母の助言はどこから来るのだろうか。そのうちわたしを上のほうから追い掛けるように手を伸ばす、助け手が来た。

かろうど

幾つかの祈りを忘れたあの誘惑のような眠気。かれはいつもそこにいて、ここにわたしがいるということに似ていた。

気になるのは松の影で、道から退いた突き当たりの壁の向こう隣に、それ（ら）は見えていた。わたしはその夜、松の生える壁の向こうが何に当たるのか知らなかったけれど、まだ手の付けられていない未整備の空地の土が、今はいくぶん盛り上がっているようにも感じられ、壁で見えない闇のなかの向こう側全体が、まだ若い人のための、一時的な唐櫃（かろうど）ではなかったのかと思っている。

庭の巡り

枝の上の、一つの巣のなかで生まれたひなが、時のなかに入る。どうかわたしに、今の喜びを示してください。時には拘(こだわ)らないが、夕方になってわたしが歩き始める。さっきからつめたい雨が降り始め、見上げると細かくちぎれているのに、降り続く雨脚が低く立ち、ほそく近くを流れているさまが見える。通り道にあたる裏の入口から、また庭のなかへ入る。荒れすさんだ茂みでもないのに、何かを気遣いながら歩き、また訳もなくすぐにここを通り過ぎようとする。

　枝の上の、ごく小さな声の日常を聞き、庭の上の真歩（まほ）の肩口に、その枝を見出す。片側からほそい木の一部分が差し出され、奥まった場所に花をつけた低木の全体像が見える。自然の成り行きのことであり、日の好転を祈りながら、あの方（かた）の途はどこ、この庭の計画のなかで、と思う。こんにちは、おやすみなさい。

ルカ伝から

ベランダの隅に一羽のスズメが降りて来て身を寄せ、短い草のおし隠した、色のある土のひら地のほうへ移って行くところだ。ここの庭の草が灰色だと言ったのは本当だよ、とスズメが言う。ここの庭の草が灰色なのは、あの空一面が曇天だからだろうと、もう一羽。そんなら晴れた日には、必ず草が青いという訳か。そう言われてもう一羽がそう思っていたら、うっすらと薄日が差すようになり、庭の草が、本当に灰色であることが分かってきた。

わたしが行路に立つと、十歩程先の所に一組の男女が寄り添い、ここから隣町へ移り住むことについて、ことばを重ねている。二人の思いの作りなす家族のなかには、膝をかかえ、まだ動きの見えない子供たちが寝静まっているようだ。夜になって、暗くなった表のほうで植物の触れ合う音がしている。木や草の位置は定まっているが、それらが揺れると、人のなかでわずかに草本の形がずれる。またその時間を通し、開けた戸口の網戸から風が吹き込み、かれらの体に及ぶ。

その夜、わたしの読んだルカ伝から、ここに死人あり。しかし明らかにならぬはなし。だって人に試みがあるのは、思いもかけぬこの人のこととはいえ、忍ばなければ見えてこぬ事柄が多くあり、ここではそれが、そのまま明け方に繋がるのだろうからだ。

部分

或る資料作成のために、部分的な書き込みを進めていた。その薄い物を鞄のなかに入れ、翌朝の仕事までの時間を、暇のあるものにしようと表に出た。歩くばかりで何もしないでいる時、わたしはよく何かの近くにいるようだとかれは言った。自分はそのことばを、わたしが言ったことのように聞き、歩行の際には、こちらの思考が静かに閉じていることなどを確かめた。

寒い夜、犬がいた。互いに別の区域の二つの壁の前に、一匹ずつ別の犬が。いずれも静かな壁の前にあったので、易しい読み物でも、脚注のない、ことばだけの本をかれらが読んでいるように、眠くなってゆくわたしには思えた。

壁に向かったどちらかの犬が、語義の理解をもとめる。するとすぐに、二ついる、いずれの心にも解答が、良い知らせが届けられるのはなぜなのかと思い、ゆっくりと、死のような眠りについた。

鴇（トキ）のいる道

低い雨雲の名残が西のほうへ流れ、そこからかなり隔たっているはずの真白な雲が、光を含みながら、その上を漂っている。

さっき曲がったばかりの暗い通りで、一人の御婆さんが、易しい四輪の小さな買物車（カート）を押していた。からだの前のカゴの中身はよく分からないが、車の横にも中くらいの紙袋をぶら下げ、舗道の真中を歩いて行く。そのとき左隣に、毛糸編みの色の沈んだ赤い帽子を被り、丸い顔を斜め上方へ向けて、「お母さん」と呼び掛ける、ごく小さな中年の女性がいた。二三のことばの始まりに、かならず母へのその呼び声のあるのが目立って聞こえる。今は厚みを示すように、片手の指を上下の幅にこうやって広げ、この先の道の按配を言っているのらしく、ことばの端に小さな階段のところというのがあった。実際は「小さい階段のとこ」と言っている。その場所は、わたしも知っていた。夜になるにはまだ少し時間が早く、ざわつく人人の環境音もしている。散らばった人の周辺語いは聞かれずじまいだが、二人に近く、二人とは同じ方面に道を歩きながらであったので、わたしもわずかにそれらのことばを聞き取っていたのだと思う。

御幸橋

川が流れていた。橋を渡った所へ、雨に濡れた茶色い犬が他所から来ていて、自転車に乗った信号待ちの少女に近付いて行く。犬が自転車と共にいるように見える。すぐにこちらも、両者と関わりを持てそうな気がする。それから川沿いの緑のあふれる所へ出て行った。

一日の同じ時分、かつてそこで一人の友と出くわし、やさしい話のやり取りの後、近くの友の家に招かれて行ったことがあった。その家の木の階段は街路の通る表側に面してあり、家屋の壁に沿って続いていた。わたしは友の背後から語り掛け、それから階段の数を数えながら昇って行った。

もとの牧場

夢を見た。教室の床の上に子供たちと、わたしの友がいた。オカヤドカリを歩かせているのか。しかし、後ろの低い児童用ロッカーの上には、鳥籠があって、中央に通された枝の上に、一羽のインコが乗っていた。わたしのとは違い、黄色い印象を与えている。眼が透明で、そこから中の内臓が少し遠目にも透けて見えるようだった。

インコは何も見ていない。わたしは中央にいるやせたインコを見て、えさを探しに出掛けた。ベランダへ出た所に、一足の小さなサンダルが置かれている。えさは何にするのか。えさを何にするのかという問いかけになると、その場から離れるまでは答えられず、えさと内臓とが、同じことばの意味で纏まっていた。

再現

故郷の門扉はわたしの前に閉ざされている。それでも門の向こうの背の低い木が、わたしの前に葉を落とした枝を展げていた。主の御顔だろうかと、わたしは思い始める。

日が暮れてきたので、道端の灯が明るませている道の途上から、低いけれど、行ったことのなかった丘の上に登る。すぐ上の丘の平地に葉の堆積や窪みを見て踏みながら行くが、またすぐに引き返してくる。

わたしの望みは荒れた茂みにからめ取られているみたいと、主は言われる。

同時に自然の土から生い立った草花の間にいるみたく、人であるために、人のように分かりやすく、静かだが、捉え難(にく)い。

わたしはそこから或る音を通過させた。

織地

心

日の落ちる暮れ方までの
わずかな閑暇だと思われるとき
そこから麓の見えるあの山間を立って
いつかの小道に見覚えのある
この里に来て一日を宿り
ことばを継ぎながら

砂地に埋もれた何かの木の縁を辿っていると
離れた路上に恋人が立ち
対面に出迎えたわたしのような道を介して
その先の色のある花壇のほうへと
どこから光が来るのだろうか
自然な人かげのように渡って行った

鳥一羽

道はわたしたちに
いつもの幅を持って譲歩されていたが
その時はわたしのほかに
まだ誰も歩いている人のようすが見られなかった
真暗になった
光の罪の筋を追いかけ
上方に並んだ窓があるのかと探していた

道に外観を狭められ
半分は土に埋もれていたり

そこいらに転がっていたりする複数の小石に対し
枝の上にいる小鳥たちが
ヒスター氏やポイントキッズ
フシ芋（イモ）ズッター　デッコン・プイなどとみなに呼び掛け
それらの名前をない交ぜにした
いなかの歌をうたったりしていた

繋ぎのよく分かる布切れを身にまとい
片方の手に持った書物を二つに割るように
文字の書かれたページの間に
羽のような
小刀のような片手を差し入れている
そこに来たあなたはどなたですか

予定

鳥　まだ小さな家畜のいる保育園の間近な閉園をひかえ
低い鉄条網のフェンスの向こう側に
今日も居残りの
二三の保育士たちが仕事している
鳥　別の持ち場へ移されて行く柄の小さな人は
これからの予定表を
すでに途切れた記憶のほうへと分配し

鳥

不安のなかにも
それを楽しみとさえしているようだ
あそこで吹かれる風避けの木立はもっと自然で
フェンスの向こうとこちら側の区別なく枝を乱しているが
その形状から松の葉を思わせ
それも何のためにか
こちらには一年後を目途として
揺れ続けているようにも感じ取られる

狐ケリー

畑の畝に立てられた
長い靴べらの見える庭のなかへ連れられて来て
そこから少し離れた所にある
客間らしい暗室の内側に通される間
子ども達は
細長い木の幹の手前を三人で通っていたが
みなで固まってここへ来る道筋も
どこかしら身構えた家の様子も初めてのことだったので
自分たちの真の気持ちは
まだこの場所が前方に見え始めていた頃の

家の向こうの道の端を辿ったりしていた

かなしみに塞がれたケリーのお庭では
花の香りも一過性でなくなり
こうやって口の前に自分の手をかざしてみると
かれのやさしい助言を含ませた布被いのようにして
そこから喉の詰まるような死臭がただよってくる
みんなには木の模様に見えるのかも知れないが
木のなかでは目立つことのできぬ慰めも見え隠れし
それが陰のなかで口をきいて
木のなかの陰のことを
ここにわたしのいる小陰であると言ったりした

記憶

隣の空地になった所から
家の手前の盛り上がった土の上にかれは来ていた
腕と胴の間に進物のようなものを抱えているので
実際の用件の先は
古くから小さな客間のあった
玄関の引き戸を過ぎた向こう側に違いなかった

しかしうっすらとレールの見える工場のほうの敷居を越え
ここが昼間であった時のことを思い起こすと
茶葉を篩（ふるい）にかける製茶機械のそばで
体の心（しん）を震わせながらはたらき
それとは異質な相槌の歌を
調子を取りながら
鳥のように口ずさんで刻んでいたのだとかれは思う

小坂

ふたりの姉妹が別別に家から出て
道のなかで二人共になり
その内のどちらかが人の居場所を告げるので
わたしも綻(ほころ)びの素振りをもって
この道の二人の後へついて行くことにきめていた
姉妹の内のどちらの腕なのか
片方の肘からちぎり取られた手のような空の鳥が
手前となったゆるい坂の
こまかい砂利のなかの赤い木の実と

短い橋へ向かう途次だけを眼にしている
手こすり指こすりのざらついた欄干のよこを通り
葉を分けた喬木のわきを下るとき
わたしもいつか
この木と対になるような
一本の別の木を見出したいとねがい
一人二人三人と順に
かがみ込んで
橋の向こうの岸の上から降りて行った

紗音とともに

やや狭まった空地のような所に出ると
少し前に道を折れたため
先程から見えなくなっていた近くの小川が
そこから対岸の石垣を見せはじめ
上には岸にせまった人家の色付いた壁の表と
無花果のかげが
ひらいた紗音（しゃのん）の小さな指の幅をもって

いくつか続いていた
このまわりに散在する草の所為ではないが
ここからは背伸びをしても
川床の水の流れを見ることができない
その代わりにかれは
いま立ち止まっている所からでも
ふたたび川に出会うことができたのだと思った

F教会

クリスマスの夜
この狭い敷地内へ
羊の門を通って迎えに来ていた母と
聖劇のうえで
移動する太陽の役柄をなし終え
休みなく老いたように

屋内から外に立って歩き始めたわたしとが
その日初めて出会い
そのちぐはぐな会話によって
そこからともに門へ向かった当の場所に
わたしは来ている
いつの間にか日の暮れた
あのクリスマスの夜と同じく

トポスの夢

以前なじみの人を父がそこに住まわせていたが
いまはあまり表立たず
ただ古いまま残されているという離れの空部屋が
家の裏手の一部に据え置かれていた
塀際になる
脇の通路の向かい側に倒されたまま
不規則に積み重なった木材の段へ足を掛けると

そこから隣の家の裏庭が見え
下にいる子ども達が
ちいさな小枝を手に取ってこちらに震わせている
それから祭りの行なわれる場所へ向かうことになり
左右に石垣の支えのある
暗い谷底へ降りて行くような
静かな道筋のなかへ　わたしたちが来ていた

織地　一つのパラフレーズ

出掛けたあと
すぐに帰り際になり
つよい午後の日差しを避けるために
片側にある
長い家の軒なみに沿って道をあるいた
隙のある家と家との切れ間から
背後に見える土の坂を登りはじめ
土くれや小石の散った粗い襞を岩山のほうへ縫っていると
そこからまた上の叢に這入ろうとする

一匹の蛇をわたしは見ていた
ほそく枯れはじめ
いまも根元の立った柔らかな草の列が
そこで纏まった層をなすが
それぞれの草の茎が洩れることなく
一つ一つ選り分けられるように突っ立ってもいる
そのなだらかな襞をつたった頂への出掛けに
わたしはまたつよい日差しを全身に浴びた

切抜帳（きりぬきちょう）

著　者　江代充（えしろみつる）
発行者　小田久郎
発行所　株式会社思潮社
〒一六二—〇八四二　東京都新宿区市谷砂土原町三—十五
電話〇三（三二六七）八一五三（営業）・八一四一（編集）
ＦＡＸ〇三（三二六七）八一四二
装幀者　清岡秀哉
印刷所　三報社印刷株式会社
製本所　小高製本工業株式会社
発行日　二〇一九年九月三十日